徐根錫

시인 서근석

황금두뇌 시인선 2

낙동강
洛東江

서근석 시집

시인의 말

이 땅에 태어나서
50평생
받기만 한 삶을 살았다.
고향으로부터, 지인들로부터,
그리고 가족과 사회로부터…….
이제 돌려줄 때가 되었다.
부끄럽지만 나의 작은 시심들을
이 세상에 돌려준다.
유일하게 때 묻지 않은
내 소중한 것들이기에…….

2011. 초겨울.
낙동강가에서 서근석

차례

1부

2부

3부

4부

1부

담장 너머 하얗게 핀 매화꽃
봄이 성큼 다가온 것 같다

봄과 겨울의 공존

담장 너머 하얗게 핀 매화꽃
봄이 성큼 다가온 것 같다

차창으로 흩날리는 눈발
아직 겨울이라고 몸부림치네

갈등의 양극이 교차하는 삶의 길은
먼 여행길에 오른 나그네 마음과 같으리
북풍한설이 가슴을 후벼 파도

겨울 지나 봄이 오는 건 세상의 섭리
들에 핀 온갖 꽃들은 지천으로 꽃을 피워 올려

순리대로 살아야 한다고 내게 꾸짖는 듯하다

하늘 커피숍

뭉게구름 두 스푼 아니 세 스푼
파란 호수 시럽 두 방울
구름을 휘휘 저어
달콤한 커피를 마시면

입 안에 잠시 머물다
목을 타고 넘어가기도 전
진한 향기 코끝 스치는
하늘 전망대에 앉아 마시는 카페라떼엔

세상시름 다 잊게 해 줄 것 같은
기묘한 약재가 들어 있는 것 같다

벌과 나비

나비가 날아들어 꽃이 핀 건지
꽃이 핀 까닭에 나비가 날아든 걸까

꽃은 핀다 꽃은 꽃을 피운다
나비가 벌들이 꽃을 향해 날아든다

꽃이 벌에게 혹은 나비에게
나비가 벌들이 꽃에게 말을 건넨 걸까

눈도 없고 입도 없고 손도 없는 꽃들은
말할 수 없다

그러나 말을 하지 않아도

꽃을 향해 날아든
벌과 나비들은 알고 있다

봄이 왔음을

장미

붉은 빛으로 붉다
온통 시붉은 빛이다
여기저기 핀 꽃숭어리
그 꽃들은 빛이다

그래 붉은 빛이 돼
울타리를 타고 넘는다

누군가에게 고혹적인 모습을
보이려고 하는 건지
어여쁜 자태를 드러내고 있다

송이송이 붉은 꽃
그 향기에 취해 길을 걷다
우두망찰 나는 그만 제자리에
멈춰서고 말았다

다른 곳엔 눈길조차 줄 수 없었다
빛나는 아름다움 그것 때문에

미리 온 봄

이제 곧 우리 앞에 다가설
봄을 맞이하러 가실 분들은

산과 들 또는 계곡으로 함께 나가도록 해요
그곳에서 살포시 고개를 내미는

파릇한 새순을 바라보도록 해요
가슴 터지는 생동감을 느끼도록 해요

숲에서 날아오른
금빛어리표범나비와 몇 마리 벌들은

어느 순간 어깨 위로 날아올라
우리들 가슴에도

봄이 왔음을 알리고 있어요
그래요 봄은 오는지도 모르게 왔다

어느 순간 사라진
벌과 나비 따라 간다네요

희망

서로 앞 다퉈
자신을 뽐내려는 듯

하얗게 핀 벚꽃과 노란 개나리
날카로운 송곳처럼

땅을 꿰뚫고 올라오는 연초록 새순들

저 꽃과 풀잎들은 어찌
작은 변화에 저리도 예민한 걸까

이른 아침 환하게 빛나는 햇살 사이
맑은 샘처럼 솟아오르는 희망

그리고 꽃과 새 저 나무들에게서
힘찬 생명의 몸짓을 봤다

풀벌레

어디선가 풀벌레 소리

그치지 않고 들리는 울음소리에
가을 짧은 햇살이 꼬리만 남긴 채

미루나무 아래로 넘어가면

그 꼬리를 잡은 채
굴뚝새는 울음소리에 기대어

겨울 문턱을 넘지 않으려
그대 뒤에 바짝 다가선

겨울을 온몸으로 막으며
울고 있다

백리향

백리향은 백 리 간다
백 리 뒤에 숨어 향을 내뿜는
백 리를 쉬지 않고 걸어
숨어 있는 백리향을 찾았으나

꼭꼭 숨어 보이지 않게
어느 곳에 숨은 걸까
머리도 보이지 않고
어깨도 보이지 않고 숨소리만 들리는

숨은 채 뿜어내는 향기만 드러난
그 향을 좇았더니
나비 한 마리 나비 둘 넷 다섯 마리
호랑나비인가 범부전나비인가

나비를 좇아 나비만 안다고 한
하늘 길 허위허위 따랐더니

산 아래 그 깊은 골짜기 끝
숨어 핀 백리향

정원사

가슴속 깊이 찔렸던
그가 내게 쏜 첫 눈빛이나
지금껏 내 가슴속 남아 있는
그의 애잔한 눈빛은

그가 죽은 후에도
신비하게 가슴속에 남아 있다
그는 그렇게
내 안에서 오래도록 살아 있다

새순을 도도하게 틔운
그가 아낀 꽃나무를 보면
내 곁을 떠나지 못하고
맴도는 그를 느낄 수 있다

꽃나무는 그의 눈매를 닮은
수천수만 개 눈을 달고 있다

전정가위의 힘을 빌린
그 나무들은 실하게 자라고 있다

봄비

얼굴을 때리며
지나가는 봄비에
개구리가 뛴다
봄이 왔다고 팔짝팔짝 소리치고 있다

냇가 돌 틈 사이로
불쑥 손을 내민 갯버들처럼
앞산과 뒷산 그리고 먼 들녘으로부터 왔다

어린 아이 잇몸 같은 봄은
얼굴을 우유로 씻을 때 나는
뽀드등 소리처럼

이미 우리 곁에 와 있다
애벌레 곰실곰실 꿈틀대는 것처럼 왔다

빛에 무릎 꿇은 꽃

빛은 그 발아래
꽃들을 고개 숙이게 한다
모든 꽃들을
환한 웃음으로 무릎 꿇게 한다

햇살 아래 무릎 꿇은 꽃들은
빛에게 무조건
충성맹세를 한다

저항조차 할 수 없는
빛에 휘감긴 꽃들은
그 앞으로 나아가
무릎을 꿇는다

꿇을 수밖에 없다
찬란한 빛 앞에 무기력한 꽃들은

웃음 꽃

꽃들은 누구와 무슨 이야기 나누기에
저리 환한 미소로
웃고 있는 것일까

찌푸린 얼굴 하나 없이
모두 다 웃고 있는
저들은 어쩜 저리 웃을 수 있을까

웃지 않는
웃음이 없어진 무리에 속해 있는

그들 가슴속에 웃음이란 씨앗을 퍼뜨려
함빡 웃는 꽃과 같이

모두를 웃게 하고 싶다

불투명한 노래

구구 지저귀는 비둘기들
노래는 불투명하다
비둘기들은 이 도시에서 신뢰를 주지 못했다

거리에 내버려져 썩어 문드러진
밥알과 같은 존재인
비둘기들을 바라보게 되면
슬며시 짜증이 일어난다

날개를 퍼덕이며
도심 공원을 쓸고 다니는 비둘기들
그것들은 낮시간 대에도
뻿뻿이 고개를 쳐들고 다닌다

비둘기 떼에게 튀밥을 던져주는 행위
이제 그만 해야 한다

나의 조국

몽실몽실 허공을 끌어안으려는 듯
이리저리로 흩어지는 안개

소나무와 전나무 울울한 숲을 끼고 돌아
계곡물 돌돌돌 굽이쳐 흘러내리는
그곳 은밀한 곳에

거미가 줄을 쳐 나가고
몇 마리 고추잠자리
동그라미를 그리려는 듯

오늘 본 안개는 흙과 물이 돼
이 땅에 깊이 스며들 것이니
이러다 소나기라도 내린 뒤에는
산과 산 사이를 이어주는

무지개다리라도 이어놓을 것이니

나는 속으로 웅얼거려본다 푸른 숲 맑은 계곡
푸른 숲 숲 숲 맑은 계곡 계곡 계곡

아름다운 금수강산
노래하지 않을 수 없다

조매화

손목이 떨어졌다

팔목이 떨어졌다

모가지도 떨어졌다

툭 떨어진 붉은 꽃
꽃은 향기와 함께 왔다

향기와 함께 간다
목이 없는 동백꽃

뒷모습

희끄무레하게 동쪽으로부터 밝아오는
아침 바닷가
우르르 밀려왔다 와르르
밀려나가는 파도처럼

많은 사람들이 산책을 하고 있다
뛰는 사람 느릿느릿 걷는 사람

털퍼덕 모래사장에 앉아있는 이
지팡이에 의지해 힘겹게 걷는 노인

그들의 뒷모습을 망연히 바라보다
온갖 오물로 더럽혀진 해변을
꾸깃꾸깃 접어 쓰레기통에 처박은 뒤
먼 바다가 확 트인

섬을 향해 걸어가고 싶었다

느티나무

우두커니 길가에 서 있는
느티나무 한 그루
축 늘어진 나뭇가지로 허세를 부려도

가을바람 휑하게 불어오니
가슴속엔 쓸쓸함이 밀려드네

몇 마리 동네 강아지들
친구가 되어 주려는 걸까

나무 주위를 뱅뱅 돌며
나무와 함께 놀고 있다

넓은 들녘 끝으로부터
해가 지는 것도 모른 채

유월

개복숭아 익어가고

산딸기는 고혹적인 몸짓으로
붉은 몸을 뽐내고 뽕나무가지에는

알알이 맺힌 오디열매
옥수수 밭에는 옥수수알들이 영글어가는

농부들이 쓴 밀짚모자 뒤
바쁘지 않은 이 아무도 없는 것 같습니다

하지만 저들이 굽은 허리를 펴게
바람이라도 불어주었으면 좋겠습니다

이마에 맺힌 굵은 땀방울을 훔칠 수 있도록

잠시라도 수고한 이들이 쉴 수 있게끔
산 위에서 싱그러운 바람이 불었으면 합니다

나무 앞에서

나무를 보면
미선나무 망개나무 비자나무 때죽나무
나무를 보면 나무를 바라보면

바위가 떠오른다
펑펑한 사각형 바위 세모진 삼각형 바위
바위를 보다 물소리를 듣게 되면

계곡 밑을 흐르는 흘러내려서
강과 바다로 나가는
금당 곡을 차고 도는 물소리를 듣다가

바위를 보면 계곡을 휘감아 도는 물소리에
망개나무 비자나무
사각형 바위 삼각형 바위 둥근 접시 바위

그것들이 보인다

그것들을 바라보면 그 앞에 무릎이 꺾여

아 어쩌란 말인가
나무와 바위 계곡 물소리를 접하면
주저앉는 이 마음을

제비봉

저 멀리 구담봉을 앞에 둔 채로
흐르는 남한강

그 푸르른 물결 위로 떠다니는 유람선
이곳엔 시간이 멈춰 서 있는 것 같다

남한강 건너편에는 말목같이 생긴 말목산
그 옆으로는 하늘을 찌를 듯이 솟은 금수산이

빼어난 자태를 뽐내고 있다

활짝 날개를 편 채 제비가 비상한다고 해
제비봉이라고 했던가

가쁜 숨을 헐떡이며 정상에 올라 내려다본
그러다 잠시 눈을 감고 한 마리 제비 돼

산 아래 아름드리 소나무와

하늘 향해 치솟은 기암괴석 위를
자유롭게 날아본다

밤길

찡그린 눈썹처럼

하늘 위 떠 있는 달빛을 당겨서
이마 위 올려놓고

길 밝히면 또렷하게 보이는 길
구불구불 휘어진 그 길 걸어나가면

논고랑 사이사이 개구리가 운다
순간 툭 끊어졌다 이어진

자갈 자갈갈 개구리 울음 소리에
멀리 이어진 긴 길을

검정 고무줄 끌어당기듯
발걸음 재촉하여 길을 걸어 나간다

가을 향기

이른 아침 창을 열면
산이 내게 오는 것 같다

가을 향기가
살찐 말 위에 올라타
달려오는 것 같다

진한 녹색 잎이
울긋불긋 단풍으로 채색됐을 때
황금 빛 들녘에 넉넉함으로
고개 숙인 벼 이삭들이

낮은 목소리로 다가올 때면 말을 건네고 싶다
풍요로운 가을의
결실을 함께 나누려고

들국화

올여름 폭우 몇 차례
폭풍을 견뎌낸 건
또한 몇 번일까

척박한 땅에서
불평 한 번 않고
화사하게 웃고 있는

기찻길 옆
녹슨 철조망 사이로 핀

노란 들국화

2부

떠나지 못했다
떠나려고 했으나
나무를 떠날 수 없었고

떠날 수 없었다

떠나지 못했다

떠나려고 했으나
나무를 떠날 수 없었고

바위를 떠날 수 없었고

바람에 흔들리는 풀잎을
떠날 수 없었다

어느 누구도 나 떠나는 것
막은 이 없건만

그래도 떠날 수 없었다

그것들을 놔둔 채
떠날 수는 없었다

숲 속의 길

숲 속 길을 천천히 함께 걸었다
풀냄새보다도 진한 당신의 체취를 느끼며

산딸나무와 오랑캐장구채가 빽빽하게 들어서
맑은 기운을 쉼 없이 뿜어내는

숲에서 본 붉은 패랭이꽃을
처음 본 양 신기해하며

우산 위로 떨어지는 빗소리 아래
두런두런 이야기도 나누며

그녀와 긴 입맞춤을 나눈 뒤
숲길을 함께 걸었다

함께 이 길을 걷는 것이
내겐 가장 큰 행복이었다

그 사람

온다는 사람이
세 시가 넘었는데 오지 않으니
오지 않으시려나

세 시까지 온다고 한 그 사람
그가 오지 않아

문 앞에서 기다리네
세 시까지 온다고 한 그 사람

세 시 반이 넘었네
네 시가 넘었는데
오지 않으시려나

오지 않는 그 사람
기다린다 문 앞에서

첫사랑

그윽한 눈빛만으로도 가슴이 철렁

그녀의 눈빛 창에 심장을 찔려
눈을 뜰 수도 없고 가슴을 펼 수도 없는

어떻게 이 마음 표현할 수 있을까
그 무엇으로도 드러낼 수 없는

잔잔한 내 마음에
돌을 던져 파장을 일으키게 한

굳이 입을 열어 말을 하지 않아도
가슴으로 느낄 수밖에 없는

당신께서 애써 고개를 돌린 채 외면하신
이 가슴 애끓는 마음

어찌 모른다고 하시는지요
당신을 연모하는 절절한 이 마음을

오월

저마다 형형색색의 옷으로
자신을 꾸미려고 할 때
재주가 매우 뛰어난 화가의 붓으로도 표현해 낼 수 없는

오월은 나뭇가지 위에서
먼 하늘 향해 지저귀는 새처럼

아니 모든 새들이 저마다 아름다운
노래를 부른다고 하여도

내 눈에 든 부드러운 당신의
아름다움과는 비교될 수 없기에
그래요, 내 마음은 오직 당신을 갈구하는
눈빛으로 뜨겁습니다

당신과 함께 꽃들이 내뿜는
그윽한 향기에 취해 걷고 싶어서

아니 한 쌍의 사향제비나비 돼

꽃들 사이로 춤을 추듯이 날아다니렵니다
멀리 아지랑이 아롱거리는 그 길을

온다 오는 詩 간다 가는 詩

온다 오는 詩
오시는 님 해사한 얼굴처럼

간다 가는 詩
가시는 님 찌푸린 얼굴처럼

온다 오는 詩
오는지도 모르게
오시는 님처럼 포옥 안기는 詩

간다 가는 詩
가랑이 사이로 빠져 나가는
간다는 말도 없이 내빼는 詩

오시든 가시든
그것은 그대 마음

오는 詩 막지 못하고
가는 詩 잡지 못하는 법

광안대교

이른 새벽 찬 공기가
가볍다 아니 무겁다 내 마음처럼

자정 무렵 다리 아래로
쏟아져 내리던
내 가슴속 깊은 곳까지
쳐들어온 비

나약하고 더럽혀진 내 영혼의 뿌리를
굵은 빗줄기로 때린다
우두두 두두 새벽녘엔
세차게 비가 내렸다

그렇지만 아침엔
붉은 태양이 오늘도 어김없이 솟아오른다
서로를 오고 갈 수 있게끔 이어주는 대교

나도 그와 마음으로 이어진 다리를 건너
넓은 세상으로 나가고 싶다

간절함

한 계절이 접히는 소리가 들릴 때면
더욱 더 네가 그리워진다

네 콧등을 지나
그늘진 볼에 아직도 흐를
눈물을 멈추게 하고 싶다

아주 멀고도 쓸쓸해 보이는
이젠 눈빛으로만 남은 그대
혹여 그대와 헤어진 그 길을 다시 지나게 되면
그 발치를 밝힐 한 줄기 불빛이 되고 싶다

길을 가다 헤매지 않고 네 삶이 곤궁하지도 않게끔
오랜 시간을 기다린다고 해도
바람처럼 서성이지도 않고
천지간에 분분한 외로움을 털어낸 뒤

그 어느 곳에서라도
반드시 그대를 다시 만나고 싶다

관계

만날 때는
기쁨에 화기애애한
봄꽃과 같은 사람들과의 인연도

떠날 때는
씁쓸함만을 남기는
늦가을 이별과 같은 것

물론 이별은
새로운 만남을
잉태하기도 하지만

여자의 마음

마음 열면

오늘 만난 봄꽃이지만
마음 떠나면

한겨울 살얼음판

자신의 마음을 알지 못해

오전 마음과
오후 마음이 다른

그녀 마음은 도대체 종잡을 수 없다

새

싱그러운 아침 바람에
저마다 기지개를 켜듯 몸을 비트는

손 닿으면 터질 듯

푸른 기운이 뿜어져 나오는
비 그친 오월 아침

꾀꼬리 날아오르는 청보리밭을 봅니다
누군가의 마음 깊은 곳에서

날려보낸 새인지 한 마리의 새

하늘로 날아오릅니다
아마도 저 새는 전생에 내가 사랑한

그녀가 아니었을까 싶습니다

부탁합니다

소리 없이
그냥 들렀다 가려는 그 꼭뒤를
잡지 못한 채 당신을 불렀네

어찌 그냥 가려고
당신 기다린 긴 시간을

이 가슴에 불만 지펴놓고 가려 합니까

보슬보슬 내리는
가랑비를 뒤로한 채
집 모퉁이 매화는 활짝 피었으니

이 비 그치신 뒤
저녁에나 가심이 어떠실지
봄바람에 슬며시 기울어져 어쩌지 못하는

이 마음 잡아놓고 가시길 부탁합니다

애끓는 사랑(杜香)

함께 노닐던 강선대에 올라

한 송이 매화 꽃잎 돼
그녀는 그를 만나기 위해

남한강에 몸을 던진 걸까

48세 학자와
18세 관기의 사랑
짧은 사랑 뒤 영영 이별이라고 할까

어두운 밤 긴 한숨 소리 같은

남한강 물줄기를 따라
그들의 애달픈 사연도

찰랑찰랑 강물 속에 모두 잠겨

지나는 이 마음을

아프게 찌른다

애끓는 사랑(李滉)

단양군수직을 끝낸 그가
풍기군수로 가게 되었을 때
두향은 시를 써 이별의 마음을 표현한 뒤

매화분에 애틋한 마음을 담아
그린네에게 건넸다
그곳을 떠나올 때 들고 온 화분

늘 옆에 놓고 애지중지
귀히 여기며 바라보고는 하더니
어느 날 갑자기 나이 들어 추레한 자신의 모습

그 꽃에게 보이기 싫다며
다른 방으로 화분을 옮기라고 한
그러나 먼 길 떠나며 당부한 오직 한 마디

매화나무에 물을 꼭 잊지 말고 주도록 해라

사백여 년이 훌쩍 지난

지금까지도 그와 그녀의 사랑은
잊히지 않고 있다

3부

도배공이 벽지를 솔로 쓸어 넘기듯
해변 쪽을 향해 넘실거리는 흰 포말이 밀려온다

세월무상

도배공이 벽지를 솔로 쓸어 넘기듯
해변 쪽을 향해 넘실거리는 흰 포말이 밀려온다

우루루 처얼썩 쏴아아

세탁기 속 세제마냥 부글부글 하얀 거품들이
해안을 들이친다

백사장을 뒤덮듯이 와르르 밀려왔다
흔적도 남기지 않고 사라지는 파도

다람쥐 쳇바퀴처럼 반복되는 일상사

저마다 성취를 남기기 위해 안간힘을 쓰지만
결국 저 파도와 같이

흔적도 없이 사라지는
그것이 우리네 삶인 것을

집착

나지막한 동산 양지 바른 곳이면
어김없이 자리잡은 작은 봉우리들

살아 집을 짓겠다던 욕망인가

세상살이 끈을 놓은 뒤에도
빼곡하게 집들을 짓고 들어앉았네

저곳에서도 저들은 아옹다옹하는 걸까

이러다 산 사람도
몸을 눕힐 땅이 없어지겠다

살아 마주 대할 때 미움 없이 살고
눈 감으면 그들을 가슴속에 묻으면 될 것을

그래 떠날 때는 육체의 옷 훌훌 벗어 던진 뒤
마음만 자유롭게 떠나도록 하자

마음

어제는 빛과 같이
환하던 것들이

오늘은 어찌 이다지도 어두운 건가

삼라만상은 그대로인데
내 마음만 시끄러워서일까

무거운 마음을 들어올렸다
내려놓으면 어떨까

나 자신도 알 수 없는

마음에 대해 생각해 봤다
이미 마음을 내려놓았다 생각했거늘

아직도 부족한 걸까
마음을 재차 다스리기로 한다

삶

꽃들은 쉼 없이 꽃을 피운답니다

웃음이란 이름의 꽃
희망이란 이름의 꽃
열정이란 이름의 꽃
감사란 이름의 꽃
사랑이란 이름의 꽃

살며 또는 살아내며 사람들은

수많은 사람 사이에서
꽃을 피워 올린답니다
오늘은 어떤 꽃을
피울 수 있을까요

추억이란 이름의 꽃을 사뿐히 밟고
미래를 향해 성큼성큼 걸어 나가렵니다

세월

어느덧 올해도 벌써 십이월이다
시간은 고속으로 내달리는 것 같다

가능하다면 시간을 잡아놓고 싶다

산중턱에 서 있는
저 푸르른 소나무처럼

언제나 변함없이 그 자리에
실하게 뿌리를 내린 채 서 있게 하고 싶다

그러나 어쩌랴
유리창에 비친 희끗한 머리와

깊은 주름을

벌초

이 산에서 위위 윙 저 산에서 위 위 윙
아침부터 저녁까지 쉬지 않고 들려오는
예초기 소리

오늘은 조상님들 집수리 하는 날

아들 손자 일가친척들 모두 다 모여
구슬땀이 뚝 뚝 떨어지는지도 모르고

집수리를 온갖 정성 다 들여 하는 날
풀숲에서 화들짝 놀라 도망치는 벌레들

거친 철거반 망치질에 내쫓긴 원주민처럼

이삿짐도 변변히 챙기지 못한 채 몸을 피하네
집수리가 끝나면 술잔과 북어를 진설한 뒤

두 손 모으고 일렬로 서서 큰절을 두 번 올린다
마음 모아 조상님께
이 자손의 죄업을 참회하노니

조상님께서는 노여움을 푸시고 부디 극락왕생하소서

아우님

바다 위 시스랑시스랑
작은 배를 띄우고
멸치 회를 안주 삼아 소주를 넘기며

지나간 봄 몇 번이었는지
기억도 없습니다만
백 번 천 번 봄이 가고 또다시 온다고 하여도

돌아오겠다고 한 아우님
그 말씀 잊을 수 없어

그저 철없이 뱃전을 튀어 오르는
멸치 떼만 바라보며
아우님 돌아오실 그 날만을 기다리고 있습니다

함께 앉아 술잔을 나누게 될

그날을 위해
푸르른 봄 바다를 혼자 바라봅니다

蘭을 치면서

나이 사십이면 불혹이라던데

마음은 이십대이건만
몸만 늙은 것 같다는 생각에

어찌 시간은 이다지도
빠르게 흐르는 걸까

거꾸로 매달린 채라도

시간을 붙들어 매놓고 싶은 생각이 든다
매우 빠르게 흐르는 시간 속에서도

하늘은 언제나 변함없이
제자리 지키는 것을

그래 지천명에서 이순을 지나 고희 고개 넘어

남은 인생은 넓고 깊게 살고 싶다
새벽에 일어나 책을 읽고

蘭이라도 치면서

사람도 핀다 피었다 진다

솜다리와 엉겅퀴
천남성과 달개비
꽃들이 피고 지는 계절은

참나리와 구절초
옥잠화와 참취는
꽃들이 피고 지는 계절은

쑥부쟁이와 팔손이 맨드라미와 수선화
꽃들이 피고 지는 계절은

꽃은 핀다
계절을 구역 삼아
봄 여름 가을 겨울
피었다 진다

사람도 그렇다

유아기와 청년기 장년기와 노년기

그렇게 거리를 두고서
꽃처럼 사람도 핀다 피었다가 진다

歎聲

이른 새벽 떨어진 노란 은행잎 위
하얗게 서리가 내렸다

내 머리에도 저렇게 서리가 내렸나
거울에 비친 흰 머리카락을 봤다

앞마당에 하얗게 내린 서리는
햇살이 비치면

반짝이다 이내 사라지건만
흰 머리를 검정 머리로 되돌릴 수는 없다

삶은 한순간 반짝이다 스러지는
서리만도 못한 걸까

깨침을 얻지 못한다면
그럴 것이다

박꽃

마음속 고요하고 깨끗하게
그 집 담장 옆 핀
어스름한 해 서산에 걸릴 때
박꽃 하얗게 핀 담장을 보면

돌아가신 할머니와 시집간 누이가 생각난다
할머니 장에 나가시면 주머니 속 주전부리를
손자 입에 넣어주시던

담장 옆 하얗게 핀 박꽃들을 바라보게 되면
누이와 함께 손을 잡고 본
초가집 지붕 위 피어 있는

꽃을 보면 어릴 때 보았던
환하게 웃는 얼굴
박꽃 닮은 할머니 얼굴이 보인다

낙동강

시푸른 강물 위
떼를 지어 움직이는 새
푸드득 그 새들은 날개를 펴 날아오른다

이 모든 풍경들을 보듬고 있다
유유히 흐르는 낙동강은

지난해에도 지지난해도
강변은 달라진 게 없건만

그저 흐르는 강물은
그 강물이 아니고

힘찬 날갯짓으로 하늘로 날아오르는 새들도
지난해에 만났던 그 새들은 아니겠지

문득 나 자신을 되돌아보니

내 몸도 지난해와는 같지 않음에

시간은 모든 살아 있는 것들을
변화시키나 보다

거울 앞에서

어떤 이름을
아무리 떠올려 보려고 해도

그 이름이 기억나지 않을 때
거울에 비친 내 얼굴이
문득 낯설게 보일 때

갑자기 너무 많이 늘어난 흰 머리를
도저히 뽑아낼 수 없을 때
반드시 갖고 가야만 할 서류봉투를
아파트 현관 앞에 놔둔 채

깜박 잊고 출근을 했을 때
그래 세월은 전혀 의식하지 못했건만
그렇게 빠르게 흘러갔는가 보다
멀지 않은 곳에

여행을 다녀온 것 같은
그 정도의 시간만을 쓴 느낌이다

엿장수

절그렁절그렁
산동네 골목 아래 울려 퍼지는
엿장수 가위질 소리에

움찔움찔 내다 바꿀 것도 없는데
바꾸지 말아야 할 것들을
냅다 들어다 강냉이 한 줌과
엿가락으로 바꿔 먹었던

엿장수 가위질 소리를 듣다보면
엿 모판 위에서 잘려진 엿가락
그 달콤함에

지금도 입 안에 침이 고인다

부활

지나온 길 되돌아가는 기분으로
뒤로 걸어본다
횡단보도와 도로 표지판이

모두 내 앞에서 뒤뚱거린다

그것들이 앞으로 오니
새로울 것도 없건만
다시 새롭게 느껴진다

지나간 내 삶도

카세트 테잎처럼 되감아 봤으면
아니 시간을 되돌려
젊은 날로 되돌아갈 수는 없는 걸까

눈물

세상살이 고달픔을
견디지 못해
어느 순간 울컥 터지는 서러운 눈물처럼

비가 내립니다
도심 빽빽한 빌딩 사이
콘크리트 산을 헤치고

힘들고 몹시 지친
내게도 빗소리엔

어려움을 이기게 하는
마법과 같은
감흥이 있는 것 같습니다

저 빗소리에 귀를 기울이게 되면
냇가에서 물고기 잡던 소년으로 되돌아가

어느새 설움과 괴로움도
모두 다 잊게 되니까요

고향

콩밭 사이로
몸을 옮겨 다니는 거미
그 사이로 폴짝 뛰어다니는 메뚜기들

논물 속에는 개구리들
개골개골
시끄럽게 떠들어대는 소리

동구 밖 삼촌댁 가는 오솔길을 걷다보니
길옆으로는
황토색 도랑물이 흐르고

아직 꽃을 피우지 못한 닭의장풀 위
잠자리 두어 마리가 날고 있다

그 길을 걸어서 삼촌에게 다녀오고는 했다
도심 개발로 인해

거대한 아파트 단지가 들어선
기억 속에만 남은 그곳이 그립다

새벽 비

가만히 눈 감고 들어본다
귓가를 간질이는 새벽 빗소리

툭탁 툭 투둑 툭 툭 탁탁
끊임없이 보채는
아가의 칭얼거림처럼

빗소리는 어느 순간
외갓집에서 보낸 여름방학과

원두막에서 할머니와 함께
으적으적 베어 먹었던
수박을 떠오르게 한다

지붕을 때리는 저 빗소리로 인해
할머니와 할아버지 얼굴을
가슴속에서 그리게 된다

4부

귀찮다 말하니 저절로 귀찮아지는
즐겁다고 말하니 절로 저절로 즐거워지는

즐겁다

귀찮다 말하니 저절로 귀찮아지는
즐겁다고 말하니 절로 저절로 즐거워지는

귀찮다 말하는 귀찮다고 생각하는 그 말투에

즐겁다 말하는 즐겁다고 생각하는 그 말 속에
모든 것이 귀찮다는 움직임이 들어가고

만사가 잘 풀린다는 즐거운 움직임이 들어가니

그 움직임 속에 즐겁다는 말을 넣어 보자
즐겁다고 말하면 나와 관계된 모든 것들이

즐겁게 움직이게 된다

웃음

누군가에게 화를 벌컥내는 행동은
선한 마음에서 나온 것이 아니기에

환하게 앞니가 드러나도록 웃어봅니다

내가 먼저 웃게 되면
그도 웃게 되고

그가 웃게 되면 그 옆에 있는
다른 이들도 함께 웃게 됩니다

사람이 아닌 의자와
책상 전화기까지도
웃습니다, 웃고 있습니다

내 마음도 어느 순간 환해집니다
아이의 방실거리는 웃음처럼
이 세상이 온통 밝아졌으면 좋겠습니다

직장생활

눈이 있어도 보지 못하고
귀가 있어도 듣지 못하고
입이 있어도 말을 못하는

못된 시어미 시집살이에 시달리는
며느리 설움을 달래려는 듯

가랑가랑 내리던 비

그러다 우두두 쿵 쿵 대문을 쳐대듯 쏟아지던
저 빗줄기는 나의 서러운 눈물인 걸까

어려움을 인내했건만 성과를 내지 못한
내 일터는 깊고 어두운 터널과 같다

그러나 이 어둠을 뚫고 나가
품안 가득 나는 빛을 안을 것이다

저 높은 곳을 향해

외로운 길

길을 걷고 있습니다

길 위에는 그 누구도 앞서간 이 없어
혼자 길을 가고 있습니다

매우 두렵고도 험한 길입니다
그러나 이 길을 쉬지 않고 가야 합니다

아무도 알아주지 않는 길이지만
그러나 그 누구도 간 길이 아니기에

이 길을 나는 가야만 합니다

뒤에 올 어떤 이가 내가 간 길을 따라 두려움 없이
이 길을 따르리라 생각하기에

물론 나는 그것이 인생이라고 생각합니다

세상 보는 눈

산 정상에 올라
발아래 내려다 본 세상
망원경을 들이대고 본 것처럼

작은 건물들이 모두 다 보이는

이런 기분 때문에 숨이 턱에까지 차오르고
구슬땀을 흘리면서도 산을 오르는가 보다

산 아래 도심에 있었을 때는
눈에 보이지 않았던 것들이

산 위에 올라 내려다보니
모든 것들이 선명하게 보이는

산 위에선 앞에서 보거나 뒤에 서서 바라보아도
망원경과 돋보기가 없이도

산 아래 모습들을 훤히 볼 수가 있다
사람들의 마음도 그렇게 들여다봤으면 좋겠다

삶의 다짐

살아가며 고통은 그 누구에게나

어느 날 갑자기 찾아오지만
어깨를 누르는 삶의 무게 때문에

주어진 삶을 포기할 수는 없다
하늘에 먹구름이 밀려들면

구름으로 인해
잠시 태양이 가려지긴 하지만
본연의 빛을 잃지 않는 것처럼

삶 또한 그렇다고 생각되기에
잠시 어려움을 겪게 된다고 해도

내게 주어진 일을 결코 피하지 않고
실망하거나 좌절하지 않는 굳센 마음으로
파란 하늘 아래 떠오를 태양을 맞을 겁니다

꿈

꿈을 꿉니다
꿈속에서 나 자신이 원하는 것을
이루어낸 꿈을 꿉니다

다시 한 번 더 힘을 내
어금니를 꾹 깨물며
새롭게 펼쳐진 상황에 대해

두려움을 과감하게 내던진 뒤
반드시 원하는 걸
이뤄내고 말겠다는 강한 다짐과

목표를 포기할 수 없다는 각오로
꿈을 이루기 위해
뛰고 또 뛰렵니다

꿈에서 깨어 일어나 무한한 가능성을 향해
빠르게 뛰는 나 자신을 봤습니다

거꾸로 본 세상

거꾸로 매달려 세상을 바라보니
어라 하늘이

내 발밑에 있구나
오르고 또 오르려고 해도

정상이 보이지 않을 때면
나는 세상을 향해 거꾸로 매달린다

거꾸로 매달리게 되면
만휘군상이 발밑에 있는 것을

내 앞에 모든 것들이 무릎 꿇는 것을

젊은 꿈

감나무에 노란 감이
휘어진 가지마다
주렁주렁 매달렸다

가을에 감이 풍요롭게 보이는 건

감나무 그 잎이
봄날의 생동감과
뙤약볕 쬐는 여름을 품고 있어서일까

감나무에는
젊은 꿈을 이루기 위해
험한 길을 마다 않고 걸어온

소중한 경험과 기억이 있다

그렇다 저 감나무는
아픔을 견뎌낼 힘이 있다

비 내린 새벽 산중에서

가지 끝에 앉아 있던
몇 마리 새
휘어진 가지를 차고 날아올랐다

나무 사이로 재재거리는
종달새와 뻐꾸기

그 소리를 듣다보면
마음까지 상쾌해져
콧노래가 저절로 흥얼흥얼

산으로 오르다
올라가는 길이었는지
발걸음 가볍게 내려가는 길인지

밤새도록 비 내려
계곡물 힘차게 흐를 때

그 소리를 듣다보면
바로 지금 이 순간이 행복이라고 말할 거다

들렀다 간다

지나는 길에 들렀다 간다

목적도 없이 들렀다 가는 길
발길 닿는 대로 왔다

다시 간다
목적 없이 왔다

가는 길이니
어디엔들 못 가리

단독일신 가벼운 몸으로
끊임없이 내 안의 소리에
귀를 기울여

사물을 담담히 받아들이기 위해

노력하며 길을 가다보니
마음이 가볍다

미지의 세계

달리는 고속 열차를 세울 수 없듯이
흘러가는 삶의 시간도
멈출 수는 없겠지요

끝없이 길게 뻗은 철로는 열차를 가슴에 품고

목적지를 향해 힘차게 달려가건만
그러나 나는 인생의 종착역을 알지 못하기에

오늘도 앞을 향해 묵묵히 나갑니다

지쳐 쓰러질 것 같았지만
그렇게 쓰러질 수는 없었기에

입술을 앙다물고

언제 다가올지 모르는 끝을 향해

내 자신에게 주어진 시간을

열정적으로 쓰려고 합니다

긴 하루

맨발로 종종거리며
느티나무 아래에서
밥알을 쪼아대는 몇 마리 참새들을 바라보며

하루하루를 살았다
모진 시간 견뎌내며
하루를 오늘 또 하루를 시작하려니

우 우 머릿속에서
이젠 그만 하자며
불뚝 일어서려는 이 분노는 무엇일까

하루 세 번 목구멍으로 넘기는
밥알 때문에

그도 저도 아니라면
울컥 치미는 설운 감정은

어디에서 오는 건가

고단하고도 매우 곤한 일상으로 인해
그래 며칠만이라도
아니 단 하루만이라도 마음 편하게
침대에 누워 잠도 실컷 자 보고 쉴 수는 없는 걸까

오늘 하루는 참으로 길었다

살구꽃 핀 마을

내가 이다지도 자네를 생각하건만
자네는 왜
살구꽃 핀 마당 앞에서
발길을 돌리시는 건가

이제 그만 자네에 대한 미움과 원망은
모두 다 지웠으니 잊으시게

괴로움은 괴로움을 낳고
외로움은 외로움을 쌓는 법

괴로움과 외로움을 모두 무너뜨린 뒤
자네를 기다리고 있네
자네가 앞으로 다가서기를
일부러 먼 길 돌아가지 마시고

문 앞에서 다시 만나세

그대는 내게
허물도 갚아야 할 빚도 이젠 없다네

마음이 흐린 날

흐르는 물줄기에
몸과 마음을 식히고 싶다
푸른 강에 몸을 던져 강물과 함께

이 몸이 섞여 흐르게끔

마음이 복잡하고 무거울 땐
번다한 온갖 세상사를
흐르는 강에다 묻고 싶다

오늘 세상 모든 잡사를
강 위에 던지지도 못한 채
강을 그저 바라만 보고 있다

강물 위 얼비친 비루한 내 모습엔

오늘 마음 상태는 흐림이라고
강물도 그런 것 같다

청년

내 안엔 청년이 있다
실패를 두려워하지 않는

우뚝 솟아오른 백두산처럼
넘치는 기백을 간직한

집념과 강한 의지로
주어진 일을 피하지 않고 해내는

하루가 다르게
힘찬 성장을 하고 있는

내 안에는 불굴의 의지로
꿈을 이루려는 청년이 있다

미완성곡

봄 여름 가을 겨울 사계절 중

나 자신이 서 있는 인생의 계절은
사랑과 미움 슬픔과 기쁨도 엷어지는

귀밑머리 희어지다 못해 반백인
얼굴엔 주름이 깊이 자리를 잡은

아마 가을쯤

그런 나 자신을 바라보고 있자니
우울한 마음이 든다

그러나 나는 아직도 갈 길이 멀다

나 자신이 정해놓은 성취를 위해
흔들림 없이 길을 갈 것이다

늙는 것과는 관계없이
인생이란 미완성곡을 완성시키기 위해

내가 가는 길

꿈의 뿌리 열정의 뿌리
행복의 뿌리들이 뽑힌 뒤
내게 남는 건 무엇일까

기쁨과 즐거움을 느낄 수 없다면
그것은 살아도 사는 게 아닌 불행인 것을

밭에 뿌린 씨앗을
정성을 다해 돌보게 되면
파란 새순이 돋아나게 되듯

꿈과 열정 행복이란 씨앗도
정성을 들여 가꿔야만 한다
폭우가 쏟아져 내리고

어려움이 닥친다 하여도
온갖 정성을 기울인
씨앗은 싹을 틔우기에

간절한 마음은 자신이 원하는 걸
이루게 한다

행복으로 가는 길 또한 그렇기에

새로운 시작

끝 끝이다
끝이라고 말하는 것처럼
잎을 떨어뜨린

꽃들에게서 끝이 아닌
새로운 시작을 본다

보이지 않는 강한 힘으로
끝이 아닌 새 생명을
다시 꽃 피우게 될

그래 올봄은 이렇게 지나갔지만
내년 봄에는 더욱 더 아름다울
꽃대 위 찬란한 꽃을 본다

나 자신도 새롭게 다시 태어날 것이다

따뜻한 감성으로 뜨거운 열정을

고정욱(소설가, 문학박사)

인간은 아름다우면서 또한 추한 존재이다. 그렇기에 전적으로 아름답다고만 보거나 추한 면만을 보아서는 제대로 된 인간을 보았다고 할 수 없다. 그러한 인간의 이중성을 드러내고 가장 잘 묘사하는 것이 문학이라 하겠다. 생텍쥐페리는 인간의 양면성을 이렇게 표현했다.

자유와 속박은 한 가지이면서 다른 것이 되어야 하는 똑같은 필요성의 양면이다.

인간 내면의 정서, 이데올로기, 세계관을 다루기에 문학작품에는 인간의 양면성, 그로 인한 갈등과 부조화, 모순이 드러나기 마련이다. 그것은 문학의 특성이라기보다 인간의 특성에서 기인한 것이다. 우리는 가끔 강퍅한 인간이 부드럽고 섬세한 감성을 지닌 것을 보고 놀랄 때가 있다. 때로는 여리고 풀잎 하나 꺾을 수 없을 것 같은 사람이 분연히 불의 앞에서 떨치고 일어나는 것을 보게 된다. 그렇기에 인간의 삶은 결코 단선적으로

파악하거나 이해할 수 없다. 문학이 쉽게 이해되지 않는 이유도 거기에 있다.

서근석의 시집 〈낙동강〉을 보면 나는 그의 삶을 감싸고 있는 두 가지 면이 바로 감성과 열정이라고 얘기하고 싶다. 그의 양면 가운데 하나가 바로 성실한 생활인의 모습이다. 언뜻 보면 그는 순탄하게 직장생활을 해온 이 시대의 성실한 샐러리맨이다. 한 조직에 들어가 평생을 바쳐 그 바닥에서 임원의 지위에까지 올라간 사람이기 때문이다.

그러나 그러한 그의 안에는 시를 쓰고 자연의 아름다움을 노래할 수 있는 부드러운 감성이 있다. 이것이 바로 그의 또 다른 일면이다. 깊이 살피지 않으면 그 둘은 전혀 연결되지 않는다. 하지만 둘 다 그를 이루는 속성임을 부인할 수는 없다.

느티나무

우두커니 길가에 서 있는
느티나무 한 그루
축 늘어진 나뭇가지로 허세를 부려도

가을바람 휑하게 불어오니
가슴속엔 쓸쓸함이 밀려드네

몇 마리 동네 강아지들
친구가 되어 주려는 걸까

나무 주위를 뱅뱅 돌며
나무와 함께 놀고 있다

넓은 들녘 끝으로부터
해가 지는 것도 모른 채

이 시에서 볼 수 있듯 그는 가을바람이 휑하니 불어오면 쓸쓸함을 느끼는 사람이다. 그리고 그 느티나무를 지켜보며 하염없이 시간을 보낼 줄도 안다. 몇 마리 동네 강아지들이 나무의 주위를 빵빵 돌며 나무와 함께 놀고 있는 것을 지켜보면서 해가 지는 것도 모른다. 인간이 갖고 있는 여린 감성이란 이런 것이다. 어느 순간 바쁜 시간의 흐름 속에서도 잠깐 멈춰 서서 주위의 자연을 살피고 아름다움을 노래할 수 있는 그것.

그러나 그가 우두커니 길가에 서 있어야 하는 이유는 무엇일까? 그 이유는 아마 그가 자연 속에 동화되지 못하고 잠시 잃어버린 것을 찾듯, 모르고 있는 것을 깨닫듯, 자연을 봐야 하는 무척 바쁜 생활인이기 때문일 것이다.

삶은 참으로 척박하고 녹록치 않은 것이다. 대기업의 임원까지 올라간 그의 삶이 어떠할지는 미루어 짐작이 가능하다. 항상 바쁘고 시간을 분초를 쪼개어 다투고 달려 나가야 한다. 끊임없이 자신을 채찍질해야 했으리라. 그래서 그의 시세계를 구상하는 것 중의 하나는 뜨거운 자기계발의 열정이다.

미지의 세계

달리는 고속 열차를 세울 수 없듯이
흘러가는 삶의 시간도
멈출 수는 없겠지요

끝없이 길게 뻗은 철로는 열차를 가슴에 품고

목적지를 향해 힘차게 달려가건만
그러나 나는 인생의 종착역을 알지 못하기에

오늘도 앞을 향해 묵묵히 나갑니다

지쳐 쓰러질 것 같았지만
그렇게 쓰러질 수는 없었기에

입술을 앙다물고

언제 다가올지 모르는 끝을 향해
내 자신에게 주어진 시간을

열정적으로 쓰려고 합니다

그는 흘러가는 시간 속에서 인생의 종착역도 알지 못한다. 하지만 앞을 향해 묵묵히 나아간다. 때로는 힘들고 어려워 지쳐 쓰러질 것 같지만 결코 쓰러질 수 없다. 버텨내야 한다. 그렇게 입술을 앙다물고 그는 언젠가 끝나리라는 것이 확실한 직장인으로서의 삶, 가장으로서의 삶이지만 충실하려고 노력한다. 그렇기에 자신에게 주어진 시간을 최대한 열정적으로 쓰려고 애쓴다.

요즘 젊은이들에게 부족한 열정, 그는 아직도 이 열정이 충만

한 사람이다. 자신의 시세계에서도 그 열정을 기반으로 고속열차가 되어 미지의 세계를 향해 달려가겠노라 이야기하고 있기에 앞의 시에서처럼 가끔은 우두커니 앉아 느티나무를 바라볼 수 있게 되는 것이다. 그의 이러한 자연에 대한 관심과 아름다움은 어찌 보면 문학을 하고 시를 쓰려는 사람의 기본일지도 모른다.

빛에 무릎 꿇은 꽃

빛은 그 발아래
꽃들을 고개 숙이게 한다
모든 꽃들을
환한 웃음으로 무릎 꿇게 한다

햇살 아래 무릎 꿇은 꽃들은
빛에게 무조건
충성맹세를 한다

저항조차 할 수 없는
빛에 휘감긴 꽃들은
그 앞으로 나아가
무릎을 꿇는다

꿇을 수밖에 없다
찬란한 빛 앞에 무기력한 꽃들은

사실 직장생활을 하며 빛과 꽃의 관계를 탐구할 사람이 누가 있겠는가. 그는 이 시에서 빛 앞에서 무릎을 꿇고 아름다운 꽃을 피워내는 광경을 묘사한다. 무릎을 꿇지만 그것은 환한 웃음으로 꿇는 무릎이다. 살벌함이 없다. 직장생활의 약육강식도 없다. 강한 자는 살아남고 약한 자는 도태되는 적자생존도 아니다. 그저 기쁜 마음으로 환한 햇살 아래 무릎을 꿇는다. 아니, 꿇을 수밖에 없다. 꽃들은 바로 빛에 의해 생명을 연장하기 때문이다. 바쁜 생활 속에 자연에 대한 애정과 사랑을 감성으로 품었기에 그는 이처럼 꽃들에게 생명을 부여하여 햇살의 축복 아래에 세례 받는 존재로 만들어 놓았다. 이 꽃들에의 무릎 꿇음은 전혀 슬프거나 비감한 것이 아니다. 오히려 기쁘다. 생명에게 무릎을 꿇고 충성맹세를 한 것이다.

작가는 이처럼 빛에 무릎 꿇은 꽃들을 관찰함으로써 꽃들의 아름다움을 노래할 수 있고 그럼으로써 자연의 섭리를 이해하고 받아들인다. 꽃을 보고 관찰할 수 있는 그것이야말로 작은 행복이 아니겠는가? 작가는 치열한 직장생활에서는 모든 역경에 굴하지 않아도 자연의 감성 앞에서는 무릎 꿇는 사람이다.

그의 이러한 작은 행복은 어디에서 길러진 것이었을까? 몇 편의 시를 살피면 그의 고향에 대한 추억이 바로 이러한 작은 행복의 모태가 됨을 알 수 있다.

벌초

이 산에서 위위 윙 저 산에서 위 위 윙
아침부터 저녁까지 쉬지 않고 들려오는
예초기 소리

오늘은 조상님들 집수리 하는 날

아들 손자 일가친척들 모두 다 모여
구슬땀이 뚝 뚝 떨어지는지도 모르고

집수리를 온갖 정성 다 들여 하는 날
풀숲에서 화들짝 놀라 도망치는 벌레들

거친 철거반 망치질에 내쫓긴 원주민처럼

이삿짐도 변변히 챙기지 못한 채 몸을 피하네
집수리가 끝나면 술잔과 북어를 진설한 뒤

두 손 모으고 일렬로 서서 큰절을 두 번 올린다
마음 모아 조상님께
이 자손의 죄업을 참회하노니

조상님께서는 노여움을 푸시고 부디 극락왕생하소서

그는 가끔 고향의 산소를 관리해야 하는 입장이다. 이 산 저 산에서 예초기가 울리고 조상들의 집을 수리한다. 커다란 일거리로 여겨지는 것이지만 그는 여기에서도 풀숲에서 화들짝 놀라 도망치는 벌레들을 걱정하는 마음을 가지고 있다. 그리고 그들에게 감정이입을 한다. 철거반 망치질에 쫓긴 원주민처럼 여기고 있다. 그러면서 힘든 삶에 조상들을 잘 모시지 못한 자신의 죄업을 참회하는 선한 마음도 가지고 있다. 꽃을 사랑하고 자연을 아끼는 마음씨이기에 조상 앞에서도 이처럼 있지도 않은 죄를 참회하는 선함을 드러낸다. 시인의 마음은 이런 것이다. 짓지 않은 죄로 용서를 빌고 또한 그러면서 아련한 고향의 추억을 버리지 못하는 그것. 이것은 곧 사랑하는 마음이라 하지 않을 수 없다. 버트란트 러셀은 이렇게 말했다.

인간에게는 두 가지 충동이 있다. 하나는 창조 충동 다른 하나는 소유 충동이다. 먼저 창조 충동은 무언가 새로운 것을 창조하려는 충동이다. 그 전형적인 예가 아름다움을 창조하려는 예술가의 활동을 들 수 있다. 반면, 소유 충동은 무엇인가를 소유하려는 충동이다. 그 대표적인 예가 밑도 끝도 없이 돈을 모으려는 경제인의 행동이다. 그러나 인간의 진정한 행복은 창조 충동을 계발하고 강화하는데 있다. 창조 충동이야말로 새로운 삶을 여는 열쇠이다.

그의 자기계발을 꿈꾸는 직장인의 삶이 소유충동이라면 자연과 인간을 사랑하며 노래하는 것은 바로 창조충동이다.

숲 속의 길

숲 속 길을 천천히 함께 걸었다
풀냄새보다도 진한 당신의 체취를 느끼며

산딸나무와 오랑캐장구채가 빽빽하게 들어서

맑은 기운을 쉼 없이 뿜어내는

숲에서 본 붉은 패랭이꽃을
처음 본 양 신기해하며

우산 위로 떨어지는 빗소리 아래
두런두런 이야기도 나누며

그녀와 긴 입맞춤을 나눈 뒤
숲길을 함께 걸었다

함께 이 길을 걷는 것이
내겐 가장 큰 행복이었다

그의 창조충동에서 얻는 가장 큰 행복은 미지의 그녀와 함께 호젓한 숲길을 함께 걷는 것이다. 물론 그 함께 걷는 길이 아름다운 이유는 산딸나무와 오랑캐장구채가 빽빽하게 들어서 있고 패랭이꽃이 아름다움을 뿜어내고 있기도 하지만 무엇보다도 그녀가 함께 있기 때문이다. 사랑하는 누군가가 있기에 용기를 낼 수 있음. 그것이 바로 사람의 능력이고 시인의 감성이라 하겠다. 무한한 창조의 충동이 샘솟을 수밖에 없다. 누구와 함께 있고 싶어 하는 마음. 그것은 사랑하기에 생겨나는 것이다. 인간이라면 누구나 그럴 때 가장 큰 행복을 느낀다. 작가는 꽃과 자연과 함께 있고 싶어 하며 또한 자신의 꿈과 비전과 열정과 함께 있고 싶어 한다. 그러면서도 조상님들은 물론이고, 과거와 고향에 대한 추억에 젖어 애인과 함께 숲 속을 거닐고 싶어 하는 것이다.

낙동강

시푸른 강물 위
떼를 지어 움직이는 새
푸드득 그 새들은 날개를 펴 날아오른다

이 모든 풍경들을 보듬고 있다
유유히 흐르는 낙동강은

지난해에도 지지난해도
강변은 달라진 게 없건만

그저 흐르는 강물은
그 강물이 아니고

힘찬 날갯짓으로 하늘로 날아오르는 새들도
지난해에 만났던 그 새들은 아니겠지

문득 나 자신을 되돌아보니
내 몸도 지난해와는 같지 않음에

시간은 모든 살아 있는 것들을
변화시키나 보다

나이가 들면 누구나 건강이 예전 같지 않다. 그도 이로부터 자유롭지 못하다. 시간이 고속으로 내달리고 어느새 내가 만나는 사람은 과거의 내가 아니고 새들조차 과거의 새가 아니다. 해놓은 것도 없이 왜 이렇게 세월만 흘렀는지 약속하지 않을 수 없다. 뿐만 아니라 다가올 미래는 항상 불확실하다. 그래도 자연은 이 시의 강변처럼 변함이 없다.

하지만 사람은 변한다. 지금 이곳에 있는 사람들이 수십 년 뒤에 다른 사람으로 대체되는 것이 자연의 법칙. 한 군데서 튼실하게 뿌리를 내리고 싶은 것은 모든 인간의 소망이다. 그러나 그것을 이룬 사람은 아무도 없다. 변화만이 있을 뿐이다. 그렇기에 우리의 삶에는 변화에 대처하는 더 크고 강한 열정이 필요한지도 모른다. 그는 그러한 미지의 세계에 대한 열정과 희망으로 자신의 삶을 가꾸어 왔다.

직장생활

눈이 있어도 보지 못하고
귀가 있어도 듣지 못하고
입이 있어도 말을 못하는

못된 시어미 시집살이에 시달리는
며느리 설움을 달래려는 듯

가랑가랑 내리던 비

그러다 우두두 쿵 쿵 대문을 쳐대듯 쏟아지던
저 빗줄기는 나의 서러운 눈물인 걸까

어려움을 인내했건만 성과를 내지 못한
내 일터는 깊고 어두운 터널과 같다

그러나 이 어둠을 뚫고 나가
품안 가득 나는 빛을 안을 것이다

저 높은 곳을 향해

직장생활은 이토록 힘든 것인가. 눈이 있어도 보지 못하고 귀가 있어도 듣지 못하고 입이 있어도 말하지 못한다. 그러다 보니 서럽고 답답하고 괴롭다. 참고 견디며 노력했건만 성과를 내지 못한다. 그렇지만 그에게는 열정이 있다. 높은 곳을 향해 나가고야 말겠다는 뜨거운 집념도 있다. 꽃을 노래하는 감성과는 전혀 별개의 성질이다.

그러나 그의 이러한 열정과 의지는 꽃을 사랑하는 마음, 창조충동이 있었기에 어쩌면 가능한 건지도 모른다. 그러한 마음이 있기에 지치지 않는다. 왜냐하면 위로를 받을 수 있기 때문이다. 나이를 먹어가고 비록 힘들고 불확실한 현실에 살고 있지만 그는 세상을 사랑하고 있다.

광안대교

이른 새벽 찬 공기가
가볍다 아니 무겁다 내 마음처럼

자정 무렵 다리 아래로
쏟아져 내리던
내 가슴속 깊은 곳까지
쳐들어온 비

나약하고 더럽혀진 내 영혼의 뿌리를
굵은 빗줄기로 때린다
우두두 두두 새벽녘엔
세차게 비가 내렸다

그렇지만 아침엔
붉은 태양이 오늘도 어김없이 솟아오른다
서로를 오고 갈 수 있게끔 이어주는 대교

나도 그와 마음으로 이어진 다리를 건너
넓은 세상으로 나가고 싶다

그는 사람과 사람 사이에 다리를 잇고 싶어 한다. 그 다리와 네트웍을 통해 넓은 세상으로 나가고 싶어 한다. 성공과 행복은 혼자만의 힘으론 되지 않기 때문이다. 삶의 피곤함에 그의 영혼은 때 묻었을지 모른다. 그러나 그는 이렇게 시를 통해 수시로 자기의 감성을 갈고 닦는다. 그 아름다운 결과물이 바로 이 시집 〈낙동강〉이다. 풍부한 감성과 고향에 대한 추억을 자기계발의 열정으로 엮어내면서 그 안에는 세상에 대한 사랑의 마음을 담고 있는 시집 하나 상재했으니 그의 삶은 감히 성공이라고 말하고 싶다.

낙동강
洛東江

인쇄_ 2011년 12월 15일
발행_ 2011년 12월 20일
지은이_ 서근석
펴낸이_ 이은숙
펴낸곳_ 황금두뇌
주소_ 강북구 수유1동 461-12
전화_ 02-987-4572
팩스_ 02-987-4573
등록_ 1999. 12. 3 재 9-00063호

ISBN_ 978-89-93162-21-2

• 잘못된 책은 구입한 곳에서 바꾸어 드립니다.
• 값은 뒤표지에 있습니다.